駄駄

清水恵子

思潮社

駄駄　清水恵子

思潮社

駄駄

目次

装幀＝思潮社装幀室

駄駄

産み落とされてからずっと　深い掌の底へと逆流しているのだから
あふれるはずはないのになぜ

駄駄

I

今だ　タラップを逆さまにすれば墜ちてくる

会いたかった　と言って。

見送る見送られる　出迎える出迎えられる　見送る

幸せ　がひらひらと裏を見せる（蝶番《ちょうつがい》はきんいろ）

2

おいしい　に決まってるじゃないの最初の一口は
かじったら　かじられたら　歯形はどっちのものだろう
塩よ　たっぷりと　きまぐれな喉に残れ
ゆでたまごが　芯まで白いと言い張るうちは

3

この萎《しお》れていく音が二人の最後の栄養
重なったまま揺れたね　このまま枯れようね
葉脈を抜き取り合い　痛いほど乾けば
いっしょに　粉々になれる

4

土手にいて　そこを動かないで　一人で行きます
二人をへだてる水面の
さざ波が読める？　愛してなどいなかったと今なら言える
生まれてはじめて肺までぬらして

5

寝息寝息寝息寝息虹色の寝言寝息寝息　背を向けて二時間も眠る男
揺り起こしたときの不機嫌　遅くなったときの慌てよう
どっちも見たくないので途方にくれて
別れることができそうな気がした

6

さては傾けるつもりだったか
なかなかいい手だ
口説き文句は軽いが赤い石は重い
片方奪ったイヤリングを早く返せ

7

巻き付けなかったらそれに添わせて断ち切ればよい
添うとは　巻き付くだけの長さを持ちながら断ち切ること
余りは輪にせよ　輪なら永遠に燃える
結び目だけが燃えおちて

8

――半分ずつよ――

心に　紐を　結び　心が逃げ出して紐が残れば
心のサイズの輪をくぐり行ったり来たりするｆｒｅｅな恋
心の　紐を　ほどき　両端を持つ人どっちも好き

9

林檎のように笑うやつは嫌いだ
切り口こそが顔　まぶしそうな芯
色が変わる前に急いで　とささやく声も二つの真っ二つの心
共に熟れながら色をくれなかった皮よ　皮なら切り口も包め

林檎のソネット Ⅰ

これほどみごとに内から
割れたと言うのだから
刃などなかったと
あいかわらず嘘つきね

熟するのは枝を離れてから
酸も糖も均一にと
坂でもないのにころがる
この硬さはたんこぶかもしれない

味？
美味だったのだけれど美味だったのだけれど
あの痴《し》れ言を聞くまでは

不味いに決まってる
嘘のペナルティーは
秋に実る

林檎のソネット II

真っ白なのに真っ暗　いいえ
真っ暗だから真っ白
果肉に　磁気
種まで真っ二つのＭＲＩ

気分が悪くなったら押してください
あら　やけにのっぺりとしたボタンね
カラーで撮ってちょうだい
そろそろ紅が芯まで来るころなの

頬になりたがる白い芯
さらされたからには　包め　と叫ぶが
本心ではない

核スピンエネルギーに
皮ごと身をまかせ変色を分け合うつもりの
においたつ共鳴の秋

葡萄のソネット Ⅰ

粒・憎しみはこんなかたちです
収縮と膨張を繰り返して
指を締め付けます
貴石はとうに弾け飛びました

憎しみごと浮かんでいる
紅差し指に残るグリセリル
絡み付こうとするのは何ものだ
——茎に化けた枝

無重力なのに爪まで重い
ここには　上　しかないのに
瘤を育てて垂れ下がり

粒・命を集めて
あの命のかたちをした命ではなかったものに向かって
実っている

葡萄のソネット II

巻きひげが届かないのに
実ってどうする
心臓に似過ぎた葉をそよがせる
ペルシアの風をもっと知りたい

いっそ深爪の血
点在する黒子《こくし》
悲しみの患部が　ここ　と定まればよい
群がってどうする　まだ早い

液果を数えよ　花ぶるいを忘れないうちに
棚の軋みが教えてくれる花穂が最も美しかった房の
笑みこぼれる寸前の一粒が

食されようとして発酵させられようとして　干されまいとして
暗紫色に充ちた原産地を
思い出すまで待て

宿

体温を一匙
湯舟に落とし
もぐって取りもどしてきて
と迫る

湯の息を吐きながら
色を付けておかないおまえが悪い

と言われ　それもそうだと

水晶体色・鼓膜色・鼻腔色・肺胞色・胃壁色・左心室色・冠状動脈色・リンパ色・迷走神経色・前頭葉色・歯髄色・汗腺色・肢関節色・卵管色

を合わせて振る　このカクテルに
ふさわしいのはプラスチックのグラス
（そもそも高分子化合物は可塑性が高い）
・・・じっとしてろ・・

シェイク

〜〜〜〜〜される夜〜〜〜〜〜シェイク〜〜〜〜〜
されながら〜〜〜〜〜女体を〜〜〜〜〜満たして
いく一匙の〜〜〜〜〜体温が
　　　　　　　　　　拾い上げられ
湯舟が湯ごと歪む　その際《きわ》から

さっき・の
チクチク・の
一つ一つが名のりながらもどってくる
毛穴色・の
このものたちを
一人残らず愛している

不義密通

重ねておいて一刺し
うん　それもいい
もちろんあなたが上で
刃渡り十センチくらいのでやってもらいましょう

火あぶりなら
上になってあげる
この身の形に焼け残るその御体から
立ちのぼり
女はたちまち元の姿になる

血も肉汁もとっくに共有している二人だから
生き残るのも甦るのも一人で充分

飲み放題の愛し放題のこの宿に
来るなら来い
追手が二手に分かれる前に
表の番頭と裏の女中を買収しましょう
ああいそがしい

CABIN MILD　二十本入り

煙草は
一本ずつバラ売りすべきだ
ふとんには
完全遮音性が必要だ
妻たちの
長風呂歓迎

煙草を買いに出て
ふとんにもぐって
テキが風呂に入った隙に
女に電話をする愛すべき男たちに
幸あれ

♡

もしもし　オレだけど
ボクと言いなさいよ　そのほうがお上品ですわよ
我等高等動物呼吸器系統疾患《タバコハカラダニワルイノヨ》
早寝朝寝雑魚寝寝ン寝湯長湯産湯沐浴混浴行水《そのかわりにふとんとふろはけんこうてきだぞ》

生まれたときと死んだときに
世話になる　ふとんなるもの
風呂なるもの　厳かさを競え
ば軍配いかに　／　真っ白け
のシーツとぬるめの湯に始ま
り　白っぽいシーツとぬるい
湯に終わる　人生なるものの

ただなかの

ないしょのはなしはあのねのね♪

廊下（そして隣室）

しっ！

と言われる
しっ！　と言われて　はい　と言う　するとまた
しっ！　と言われる　のであやまる　とまた
しっ！　と言われる

しっ！

と言うその声が一番よく響くこの部屋《ダブルルーム》で

声を噛み殺したらどんな声がするのだろう
声は口の中で破裂して鼓膜を内側から破るのだろうか
耳から飛び出た声は　この耳に声として再び入るのだろうか

声の粒　・　の幅だけ開いた歯と歯の隙間を
ｅｃｓｔａｓｙが行き来する
ｅｃｓｔａｓｙはどこにも行きたくないんだ

　あ　と言えば　ああ　と
　ああ　と言えば　あああ　と
　あああ　と言えば　ああああ　と　とぐろを巻いて

あ・にめりこむ　ん・
をとりまく　あ・
がのみこむ　ん・
にくいこむ　あ・

締め付け合う声と声が鬱血して
　もはや
という時にも

しっ！

と言う
しっ！　と言うと　はい　と応える　のでまた
しっ！　と言う　とあやまる　のだ（こいつはバカか）

俺の生命線がずたずたなのはそういうわけさ
あのバカは口をふさぐと嚙み付くんだ

ち・がにじんで　ゆ・
がわらうと　ち・
はあばれて　ゆ・
をおかして　ち・

声は
壁をすべり天井でうらがえり窓をながれ床でたわむれ戸をなでて
もどって来るのよ　ここへ
だのにあなたは

だからおまえはバカだと言うんだ
声は

鏡にうつり塗りをとかし幕をくるわせ絨緞をむしり蝶番をゆすり
ひとにもひとびとにもひとびとびとにまでも届く

ならば
もっと鼓膜を愛して

愛された鼓膜はきっと言い付けを守るでしょう
持ち堪《こた》えて
声の粒をその指先まで跳ね返すことができたら
褒美は生爪がいい
生え変わるまで〈痛い〉その指はどこにも誰のどこにも触れられない

ｅｃｓｔａｓｙ　の数だけの生爪
破瓜の味の爪半月（ここが一番美味い）

コートから
食いかけの爪まで
剝がし合ったものの散らばるこの部屋には
足の踏み場がここしかないの
だから

こんなかっこう

幸せ（それとも　幸い）

（いい気持ち）
ごめんね　と突き落とされて
ごめん　ねと吹き上げられて

浮かんでいる　いい気持ち　宙ぶらりんと言
わないで　こんな確かな場所はないのだから

だれが決めたのかしら　天が上で　地が下だなんて失礼よ　ここにいると　からだのまんなかのこころのどまんなかがかゆい／かゆいところから発射するきいろの矢の飛んで行く先はすべて上　落ちて来たなどと　ふざけたことを言う奴に刺さる矢は一本もない

いい気持ち

いい気持ちのすみっこが痛い　痛いところを掻いてかゆいところを撫でるとぼけた奴に惚れぬいて　痛いところにもかゆいところにも気付かないとんまな奴に惚れられて　さあてどうしようと思った晩だったよ　ここへ来たのは

こんなところに浮かんでしまって困った困ったと　思ったのは一晩だけだった　浮かんでいられるってことは　惚れパワーと惚れられパワーがつりあってるってことなんだわ　とすぐに気付いたのよ　偉いでしょ

上・しか見ない女の行き着く先を定めてくれたのは

ごめんね　と突き落としたにくらしい奴と
ごめん　ねと吹き上げたにくい奴の
美しいチームワークってわけ

今日（たぶん今日）

思うままに動く両手両足の指二十本爪二十枚
これだけあれば巻き取れる　日ごと　日ごと
の時の糸

糸に
結び目をつくる
引き絞るたびに
するりと抜け出す幸せ

逃げ遅れる不幸せ
より分けることをあきらめてしまった二十本
の指

一刻・
一刻・
一刻・

結び込んでいくしかないじゃないの時は支配
されているのだから
　　爪にひびが入ると糸が引っかかる
その時だけよ　幸せがここにとどまるのは
爪一枚につき一個の幸せ　結び目一つにつき
一滴の涙　爪がぎいぎいと伸びて　ひび割れ

たところを押し上げる　幸せごと爪が落ちる
その断面を

突き付け
見せたい
奴がいる

何にだって厚みがあるんだ　断てば断たれた
音がする　あの時の音　・　を糖衣してまだ
持っている　ときどき嚙み砕こうとするけれ
ど

ゲシュヴルスト？

昔　優秀な外科医がいた　枕を投げ付けられて　あのあと彼はどうしたろう　今頃どこでメスをふるっているのかしら

縒《よ》りをもどしてもいい　一晩だけ

☆

うまく切り取ってよね　あなたが欲しいのは一片のスライスだけでしょ　でも全部あげる
きっと悪性よ

全部あげる　だからそのメスをください　汚れるそばから消毒され続けたそのメスが一番よく知っている　煮沸も薬物も効かない　この悲しみの粘度を

残念ながら

とあなたは言うでしょう　そして　ｍｉｃｒｏｓｃｏｐｅの上で微笑む美しい細胞に惚れ直すでしょう

余命が決まれば　はらり　と飛んで行けプレパラート

お望みどおりの結果が出たわ短い命。それなら看取ることができそうだと　あいつの顔に書いてある

ご心配なく　彼は名医よ　診断にまちがいはないと言い切

ったわ
悲しみにはかたちがないんだ
悲しみは増殖するんだ　そし
て死ぬんだ　と

ゲシュヴール

おおいやだ　十二指腸だなんて幽門部だなん
て　　　　　のぞかれてうれしい
のはそんなところじゃない　　　　女の
からだはここから始まってここで終わるのだ
と　教えてくれたのはあなたじゃないの　印
はとっくに消えたけれど　ここ　はときどき
あなたを思い出して泡立っているわ

＊

血は　流れているのでしょうか流されている
のでしょうか　流れているなら血よ血管を破
れ　流されているなら血管を呪え　跳んでも
跳ねても（ちゃぷちゃぷと）音のしないこの
血と　語り合えるのは吹き出す時だけだから

死にながら見る色を　今　決めました　生き
ている間じゅうシェイクされ続け　何もかも
含んだ血の色を　見ながら死ぬことにしまし
た（あなたも溶けている　あの人も溶け込
んでいる　あいつ　は溶け残っている）

あなたがたを
濾せば残るものがある

こころをいっぱいにひろげて　濾します

出尽くした血の中から
ピンセットでつまみ出される時
さようなら　と　それは言うでしょう

その声を　聞かなければならないから死ぬの
です

シャーカステン

きれいだ　実にきれいだ／そんなに見つめちゃいやです
どこから見てもきれいだ／ハズカシイわ
こんなにきれいな人はめずらしい／・・・そうかしら

指令する十二対の
五つの室《へや》を流れる一五〇ミリリットルの
ウィリスの環《わ》で交わる左右の
神経や液や血が
硬かったり柔らかかったり腱だったり骨だったりクモだったりも

する膜の中で色めいている

あなたこそきれいです／そんなことを言われたのは初めてだ
うそばっかり　そこからもあそこからも看護師《ふ》さんが見つめてる

（実にきれいな脳だ）
彼は脳美人に弱い　脳美人はオトコマエに弱い

もっと詳しい説明も　お茶もお食事もお酒も　そしてそしても
脳？　Ｎｏ　ｔｈａｎｋ　ｙｏｕ

酸素が欲しい
その懐かしい腕は怪しい肩は　まだボンベを担げるか
吹き込めるか
四分以内に

手術不能《インオペラブル》

動脈が
くるっと踊る　（ね）じれる　ねじれる
あかいそなたが
ころっと固まる　ここ　ここにいる

おどおどうごめく静脈はじゃま
もつれないうちに巻き取りまだまだ踊る
ねじれたところがさらにねじれる

（オッホンと）流れが停止

し　濁りが（うふふと）進
行し　粘りは（馴れ馴れし
く）完成する・・ねじれの
推移を　見たのかその目は

舌を噛みそうな名の点眼用劇薬《カルパミノイルヒヨリンクロリット・カルピナール》をどうぞ

こするな
抜けた睫毛らが
見たことのあれこれを持ち寄り記憶をくまどる

溶媒

濃度と絶対温度に比例するはずだったのに
（固体が怠けたから）

分厚く赤黒い爪を突き付けられて
はっとして首すじに手をやる人に告げる
そんなところに興味はないと

（固体の憚り）

この血は圧力差のバロメーター
浸透圧的愛の形

（液化気体は抜けたかもしれない）

遮光カーテンの隙間に
一人で
先に
気付くこのとき

（溶質になりたがらなかった物質たち）

爪が血を吸えば吸うほど

血は血を呼べない

手づかみの愛　人類の水掻き……ココニ痛覚ガアレバヨカッタノニ

爪が
生えている
生えているとは体中の血を夜明けのように
受け取ってしまうことだと
隙間の幅だけ知る　痛みは半透膜をひょろひょろと越えていく

雨漏り

鳥だなあ　と思う
蚊取り線香だなあ　と思う
　飛んで行く
　流れて行く
噓たちが目交ぜして連なって
　ついて行く

噓のど真ん中を
会うたびに少しずつ引っかいて
膿んで爆ぜるのを待っていたのに

肋骨《あばら》を突き抜けて行く飛行機雲
あんな排気ガスなんかにしてやられて

凸面鏡だわ　と思う
モンタージュだ　と思う
　思うという　もくろみの
そよがせ方や引き寄せ方を覚えれば

恋の水蒸気が凝縮してもどって来る
首根っこに落ちると
　　目覚めてしまう
旋毛《つむじ》を濡らすと
夢衣がひるがえる

むかしむかし

空が二枚　あったとさ
上に二枚　の日に二人は出会い
東と西に二枚　の日に近寄り
上と下に二枚　の日に重なり

すべて
大いなるものに押し遣られただけのこと

あるところにあるところにと
恋路は三十二方位　羅針儀要らず
恵方も鬼門も練り込んだきびだんご

流れて
　来ました
泳いで
　行けそうな気がしたのです
伴は
　じゃまでした
恋ヶ島でぶん捕ったものは薄味の雲
たらふく食ったら

刈った柴を山分けにして

洗たくものは半分すすぎ残して
どんぶらこと
二手にわかれませう

おじいさんの行く手に
おばあさんの寝床に
おやまあ　また
空が二枚

*

偏頗

あおられるときのしがみつきかたこそ
見せたい姿
(アナタガタノ裸眼ニ)

指先を見るな
爪先を見るな
染められてなるものかと吹き抜けさせる
網の背こそを見よ
(アナタガタハヒトノ背ヲシラナイ)

揺するなら竿ごと
引き寄せるのは暮れてから
(アナタガタノ両手デ　カナラズ両手デ)

雨も降らないのに早々と取り込まれ　　（アナタガタノ義手デ）
中表に身をたたむ生《き》の布

表と裏の区別がつくなら
持ち帰って羽織れ
表と裏を一度でもまちがえたら　　（アナタガタハマチガエナイ）
決して仕立てずに縁側へ放り出しておけ

屋根のかたちにも
草木のすがたにも　　（アナタガタノｈｅｇｅｍｏｎｉｅにも）
ひろがる生《き》の野の布
ひろがればひろがるほど網らしい網になって
吹き抜けさせるのがうまくなる

大部屋

白い手はきれいでしょうか
高い声は響くでしょうか

　　　だとしても

白い手だけがきれいなのでしょうか　いつも
高い声だけが響くのでしょうか　いつも

そうらしい

姫様の手はいつも真っ白
ヒロインはいつもソプラノ

拍手だ拍手

（町娘の衣装・たった一言の台詞・に思いを込めて）
「おはよう」と上手く言えた娘は
誉められて
明日の台詞は「こんにちは」明後日はきっと「こんばんは」
（白粉《おしろい》よりももっと白い素肌・秘めたコロラチュラ・娘は）
難しい台詞に舌を嚙んで死にたいと思っている

＊

劇団の名簿は折りたたむべからず
折り目は人と人を分かつ　もしくは人を折る

左と右に真っ二つに折られた娘のすり切れ方を見よ
消される寸前の背骨を杖にして立ち上がり
だれよりも美しい声で
「おはよう」

太い骨だけが頑丈なわけではないのです
整形外科医でなくともそのくらいのことはわかります
（追悼　河邨文一郎）

娘の脳天は

アカデミックな背広のポケットの中で今日も元気です
「おはよう」と
たましいのあるものだけに聞こえる声で言います
山・川・愛・恋・鍋・釜たちよ　学問に負けるな

ピン　と萎びる背広の衿　キャリアスーツの裾
くたっ　と屹立する普段着の縫い目

町娘の衣装をつぎはぎだらけと言うかパッチワークと言うか
それは重大な問題である
（パッチワークの名匠・薩摩利子は　薩摩忠の親戚です）

＊

白い手はきれいでしょうか高い声は響くでしょうかいつも

毎度毎回《ひめさまのて》毎毎度度再再繁繁《だけがしろいとでもいうのでしょうか》　何故謎不可解《アカデミックナヒトハ》不可思議摩訶不思議《スベテニツウジルホドエライノデショウカ》

しょぼしょぼまじまじと名簿を見よ
その他　たちはひだるいのです
その次　の者はやりきれないのです

美しい山や美しい川や美しい愛や美しい恋や美しい鍋や美しい釜を骨で知る
あの娘を折りたたむな
あの娘の姉妹兄弟を四つ折りの谷に落とすな

名を
シャッフルせよ
キャスティングはそれからだ
参議院議員比例代表選挙　あの名簿の怪の轍を踏むな

＊

昨夜　あの娘に会いました
とあるホテルのバスタブの願いにしきりにうなずいておりました

　使用後は湯を抜いておいて下さい

白い手は知らないでしょうが
ぬめりはざらつきよりも厄介なのです

カナリア色のカナリア　あとがきに代えて

そうれ虚像
ほら　実像

マニキュアをはがせば泥色の爪・かもしれず
リサイクルショップのドレス・でないとも限らない

(うたをわすれて)

健康そうな病人・あるいは病人ぶった健康人
武士の高楊枝・にも時には肉片が

(うたをわすれてうたわれて)

デパ地下の総菜・か否かを見分けるのは舌なのか目なのか
哺乳瓶の中身がミルクでなくて母乳・のこともあるわけで

（うたをわすれてうたわれて　ゆりかごのうたにうもれる）

いかにもスズメ目アトリ科の

ネンネ・マンマ・ブーブー・ワンワン
オホホ・ざあます・ごきげんよう

生まれちまったなあ
生きてるしなあ

そうれ虚像　ほら実像

あなたがたは何を知っているというのですか

駄駄《だだ》

著者
清水恵子《しみずけいこ》
発行者
小田久郎
発行所
株式会社思潮社
〒一六二―〇八四二　東京都新宿区市谷砂土原町三―十五
電話〇三（三二六七）八一五三（営業）・八一四一（編集）
FAX〇三（三二六七）八一四二
印刷・製本
創栄図書印刷株式会社
発行日
二〇一〇年十一月三十日